会心

每日一觉

365

米鸿宾 著

人民东方出版传媒

东方出版社

作者简介

米鸿宾，字贞观，又字妙隐，号十翼，独立学者。创有十翼书院（中国北京、中国湖南、日本），并襄助门生创有东巴书院（云南丽江）、南传书院（云南西双版纳）、慧胤书院（深圳正威集团）、卓生书院（陕西西安）等。

秉承中国文化最优良的传承——学际天人，出入古今；究大易，谙经学，精五音，擅六壬，旁涉天文、历法与国史，略通古今之变。

著有《大易至简》《道在器中——传统家具与中国文化》《六壬神课金口诀心髓指要》等十余部著作。亦为喜马拉雅（音频）签约名师。

十翼书院

一个培养山长的书院

书院秉承导师制度，导师由海内外优秀传统文化学者组成，是目前少有的极具担当与胸襟的中国文化弘扬机构。多年来，门生们收获的不仅仅是文化，更有别开生面的慧命！

- 创院：2007 年
- 院长：米鸿宾（山长）
- 院务委员会：蒋棠、刘结红、陶飞霏、陈乐
- 院址：中国北京、中国湖南、日本等，下设有十翼学宫和养正智慧营。
- 院训：心源接万古，学脉承千圣。
- 目标：勤求博采，精诚济世，与往圣相会，与今贤相长，与有缘人共结精神连理。
- 践行：以明师传道的问学模式，践证文化演变脉络及其安身立命的精神内涵。
- 网址：www.shiyishuyuan.com
  邮箱：shiyishuyuan@sina.com
  新浪微博：http://weibo.com/u/2933140970
  微信公众号：shiyishuyuan688（十翼书院）

目录

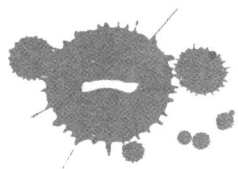

一

自序

天欲福人，必先福慧

一、不废
人的一生，其实是做了很多半途而废的事情的。

可仔细想想，事情真的不是废在半途，而是由于智慧不够，一开始就废了！

二、有道
人生，不要想着你有钱，要想着你值钱，这才是真正的安身立命。

可是，如何才能值钱呢？

要有智慧！

为什么？

因为"顺理则裕"（宋代程颐）。

古往今来，智者明理，智者坐以待"而"——可见，人心近道，财自近人，真正的财神就是智慧。

三、不动产
智慧是财富的精华，更是最大的不动产。

往圣先贤，皆因其珍贵的精神遗产而被镌刻于历史之中，如老子、孔子、孟子、庄子、释迦牟尼、穆罕默德、耶稣、苏格拉底等。他们传世以言，令人于一语真淳之中，得见天地之道，持盈真气，多行胜事。

他们是这世间超越时空的贵人！

四、见澈
"唯师与我，志趣相当；千年万里，不隔毫芒。"这是太虚大师对明代宗喀巴《菩提道次第广论》一书的阅叹！

是的，古往今来，"得万人之兵，不如闻一言之当"。(《淮南子·说山》)。

一言虽无声，但能令人于慧见之中，玄音相和，得大机，展大用……可避日中之虚影，可灭灯上之重光，可断人中之见网，可脱世间之尘蒙，更可立灵明之长阳……

良言一句，生机满天地。

生命能在此万象涵辉之间，言下明道，见己激人，即为会心。

而会心之语，即可化满头狼藉，亦可止波波浪走。

五、取好用之

真谛在行间。

宋代罗大经曰："绘雪者不能绘其清，绘月者不能绘其明，绘花者不能绘其馨，绘泉者不能绘其声，绘人者不能绘其情，然则语言文字固不足以尽道也！"

书中之言，见仁见智，自净其意，取好用之，是为大吉祥！

人若能得此心，便能养喜神、引灵犀，更有无量曼妙于绵绵之中明媚人我……

生命由此而日见巍峨，其福难量！

是为序。

2019 年仲秋令日
于北京十翼书院

二

贞语

〜 001

　　在一个金钱至上的社会，不要努力
让自己有钱，而是要努力让自己值钱！
这才是真正的安身立命。

〜 002

　　"思曰睿，睿作圣。"（《尚书·洪范》）
　　睿，通微也；见他人之不见，察他
人之不察。众人只知浪费时间、钱财是
浪费，却不知不能通微才是生命中最大
的浪费！

〜 003

表达慈悲的最体面的方式，不是居高临下地同情施舍，而是不动声色地，给予其庄严生命的供养。

〜 004

努力做一个活色生香的人，不让生命在时间、空间、物质上钝化，才是我们生命中饱满的分量所在！

005

　　无形的东西，规定着有形之物。比如：空气、阳光、水、黑夜、信仰、道心……没有它们，有再多的钱和物，也都是僵尸一个。

006

　　缺乏虔诚心和清净心的人，即使遇到了智者，也会糟蹋了自己的好运！

007

以道心化人心，则——国土可庄严，
生命可凯旋。

008

人生最大的硬伤，就是智伤。

〰 009

　智慧是生命唯一的方向，形式不是。

〰 010

　任何方法，都不能劫持智慧。要能将很深的智慧带入到行动中去，不能让行为摧毁了你的修辞！

〜 011

不要用情绪去示威，要用庄严的生命去摄受。庄严是生命最大的分量！

〜 012

生命与生命之间，一加一大于等于二，不算赢，要做到一加一大于等于十一，才是真正的赢！

013

有共同的精神骨血，可印心、可励
意、可孕贤……这种生命与生命的砥砺，
才是爱！

014

天不变其常，地不易其则，人不忘
其道。一个环境，你奈何不了它，但它
却能够奈何得了你！这叫"地久方知地
有权"。

人与自然是共生关系——你仅仅有人缘还远远不够，还要有地缘。

我们应该常思——一山一水，一草一木，那些静物，是如何作用于我们身上的？！

～ 017

　　人生的一切不是算来的，而是善来
的；不是求来的，而是修来的。凡事看
得开，想得透，拿得起，放得下，除却
私心杂念，才会随缘自适。

～ 018

　　"溪涧岂能留得住，终归大海作波
涛。"（唐宣宗李忱）
　　仔细想想：什么是你的？当下，我
们连"此时此刻"都留不住！

019

这个世界，不缺名山，不缺大川，不缺物质，不缺财迷，不缺贪官，也不缺污吏……缺的是道场和有道的人。

020

有道就有财——才华和财富在某种程度上是可以交流互换的。没有道，那个财也是虚财。

〜 021

　　有人是来证道的，有人是来挣钱的。
许多年后，证道的广为传颂，挣钱的音
信杳无。试问：究竟谁赚到了？！

〜 022

　　一个人真正的成熟，是从懂得认
识自我开始的——不泯然于事，而欣然
向前！

～ 023

　　人生最大的悲哀，就是：以几十年
的代价，进入了低层次的轮回。

～ 024

　　很多人的见地，是接不得地儿的，
如同冬天落下的雪花，一下来不久，就
化了。那些避世潜居、打坐用功、静己
自雅、私安示人者，多是陷溺于更深层
的沉沦与执着！更有甚者，拿自己的知
见和感受来言语导众，则落于邪见妄成、
罪己浊人。

〜 025

　　无私地帮助周遭的一切，就是在为自己种福田！最终受益的还是你自己，实乃添远禄之大经方也。

〜 026

　　社会是一个巨大的图书馆，而每个人的人生都是一本书，自己就是这本书的作者……几十年下来，回头读读，我们怎么就能忍心把剧本写得那么狼狈、那么不堪？！

⌒ 027

　　人生有限，当不负、不废、不浊、
不器！

⌒ 028

　　人生，很多时候，拼的就是坚强！
有一天，当身边人，真的离开了，你或
许会发现：其实，离不开的，是你，而
不是他们。

029

　　天地有大美，万物有清音。心心相印，以水投水，光明磊落，皆能惊天动地！

030

　　我们往往认为念经、磕头、礼忏等等才是功课，殊不知，每天的烦恼，哪个不是应对客尘、辗转修行的功课？！

⌒ 031

　　从究竟层面来观待人生和社会，你
会发现：没有一件事情是偶然的！ "偶
然" 这个词只不过是 "无明" 的另一种
表达而已。

⌒ 032

　　关于 "认真"，人若能时时认到 "真"，
那是非常伟大的能力。因此，要想能够
抵达 "认真" 的境地，是非常困难的，
它需要足够的智慧和福报。

〜 033

　　很多人的生活底色，都是浩瀚、漫无边际的期待和恐惧。

〜 034

　　人生时间有限，要做最大的升腾。不要拘泥于一人一时一地。

〜 035

　很多时候，到一个地方，就是为了吸它一口气！见一个人，就是为了夯己一下神！

〜 036

　人们往往需要有足够的耐心，才能够看到真相。

⌒ 037

　　读书或涉事，一定要有诚意——一
诚动天地！一个诚意的生命，一定是处
处饱含生机的！

⌒ 038

　　人生如梦，可是在这梦中已有数不
清的罪过。

039

　　人的一生，其实是做了很多半途而废的事情的。可仔细想想，事情真的不是废在半途，而是由于智慧不够，一开始就废了！

040

　　在这世上，没有任何人和事，能够抵得上智慧更让人尊崇和五体投地。

⌒ 041

　　人生如过河，欲到彼岸，需依舟
筏，这舟筏便是善法；有了舟筏，需人
指引，这人便是明师；有了善法和明师，
生命就会在更高处运行，这叫不废！生
命运行到心不附物之境，这叫真修行；
修行能让自己稳住于空性之中，这叫
解脱……

⌒ 042

　　于无情处求情，于无味处求味，苦
不堪言。

043

　　人们喜欢享受各种各样令自己愉悦
的感觉，但这些感觉，却往往障碍了
智慧。

044

　　人生最重要的事情，是能够让生命
庄严——但前提是：你要有先见之明的
智慧和不因时空转换而迷失自己的能力。

⌒ 045

　　在智慧的道路上，要相濡以沫，而不是相"贱"恨晚。去掉自己的坏习，才是良知焕发的生命。

⌒ 046

　　人生，要选择抵达智慧的方法，而不是选择一个人以及他传道之外的渴望。

047

　　言下明道，见己激人，即为会心。
而会心之语，即可化满头狼藉，亦可止
波波浪走。

048

　　万物都在说法，看你如何着眼？一
切均是考验，试你如何用心？！

〜 049

　　大千世界，天网恢恢，成住坏空，
聚散离合，一切都在有序的进行中，无
一"乱"字可言。平心而待即是庄严生命。

〜 050

　　无论身处庙堂富舍，抑或浓艳之方，
斑驳之地，横逆间皆如飞光倒影、雁过
长空，能泰然处之，无忧而过，是为真
达人。

051

很多事情，无论是深思熟虑，或是率性而为，都只是无知的程度不同罢了。

052

每个念头都是工具，要学会驾驭工具，而不是被工具驾驭。

053

　　一个念头就是一个大千世界，只不过很多人神明失身，丧失了投影功能，看不清而已。

054

　　不要剥夺别人成就自己的权利！

055

人与物，远眺总是尽美，身临便有
嵯峨。

056

生命与生命之间，能在庄严上相见，
才是最珍贵的！

⌒ 057

遇到任何困难，都要学会放松放松再放松，这是一辈子的功课和幸福的方向。

⌒ 058

不要用凡夫的眼睛，去评价大能量者的习气，这样会遮蔽自己的生命，从而丧失善缘。

〜 059

　　万物没有十全十美的。但一座山有
那么多人去祈福，必有她神明的一面；
一个人一个地方有那么多人去传颂，必
有其萃人的一面。所以，最好的成长就
是：心存敬畏，取好用之！

〜 060

　　取一地之精华，化身心之愉悦。到
一个地方，一定要寻到她的文脉与势能
所在，那里才有温度与柔情——否则，
人生，很可能就成了空转的机器。

⌒ 061

道在器中，造物先育人。

⌒ 062

人与自然之间，有着各种各样的连接通道，虽能量各异，但殊途同归！

⌒ 063

每个时空有每个时空的尊严、力量和面貌。在其面前，人是微不足道的。比如，春天一到，草就绿了，非人力所能及，人只能学会顺势而为。

~ 064

　　在你的生命中，是否有那么一个人，
有了他，就有了你想要的天下？

~ 065

　　我们短暂而微茫的生命中，究竟有
多少肝胆相照的人？他在哪里？

〰 066

　　一句谢谢，一句感恩，一个微笑……若是重复，便是教法；若是体悟，便是证法，多好啊！

〰 067

　　人的一生，要在悠游、慢活、智行、颐养慧心中汲取五种能量——
　　1. 山水的能量；2. 时空的能量；3. 人文的能量；4. 建筑的能量；5. 共性的能量。

068

凡真学者，非仁爱盘心、聪睿理达、廉洁淳良备于一身，则不可信也。

069

什么是"官官相护"？"官官相护"的官，指的是五官，譬如人们不用眼睛，也依然能摸到电灯开关，这就是官官相护。这个词语后来异化了，渐失美意。

三

鉴

人

070

遇难事，举重若轻，才是大才；遇情绪，不废宗旨，方为活人！

情绪泛滥无制，福薄且多有危祸。应知：性缓而定，方为大才！

071

这个世界，不是有钱人的世界，而是有心人的世界。

072

　　能应机知微，触类而旁通，则天下
尽在其心矣。

073

　　眼耳鼻舌身意，个个都是证道的法
门，问问自己：几十年来，都是如何被
你荒废的？

〰 074

　　一个老师好不好，要看他能否将你
带到更清澈处。

〰 075

　　无明是最大的恶！引人入暗者，便
是恶人。

076

　　"福祸无门，惟人自召。"你的心，用力在什么地方，便能感应到什么——譬如，走在街上，坏蛋看见坏蛋都眼熟！

077

　　人生错配，即为草菅人命！

∽ 078

　　真正意义上的自力更生，就是要给
自己以更接近和窥知秘密的能力，让自
己成为离秘密越来越近而秘密却越来越
少的人。这个能力，在中国文化中，就
是格物的功夫。

∽ 079

　　遇事能断，方是真君子！

080

真君子，能助人亦能救己！

081

由于我们不能通微，而浪费了使生命变得更清明的机会。

082

为什么子女多忤逆？多因父母心性有亏损，以及赚了昧心钱。昧心钱，亦称浊富，而浊富损三代人！不可不慎。

083

一个人情绪多、猜忌多，都是智慧严重不足的表现，如此绵延下来，更会多歧自误、福慧双损。

《左传》曰："叔孙豹好善而不择人，不得死。"行善也需要智慧，若行善不做选择，是不会有好结果的。如理如法，这才是有智慧的取舍。要知道，善心若不知取舍，定生焦芽败种之事。

人与人，最珍贵与最有价值的就是互信，互信能够支撑彼此用更宽容、温柔的手法应对矛盾。

〜 086

疑心生暗鬼，过虑损精神。而绵延的猜忌，是分道扬镳的"法宝"——不仅会广折福报，更会导致人情永诀！

〜 087

什么是人生真正的资产？并不是你财物丰沛，资产就大。要知道，资产是命运的展示，它包括财物、健康、寿命、美名、余荫等。而这些，都取决于德行大小，德大，资产就大。寿命作为资产的一部分，并非寿命短的就是短命，那些无一技之长、不学无术的人，才是真正的短命。

～ 088

　　无一技之长、不学无术的人，不是勇士，是懦夫，是无道行私者。"无道行私，必得天殃！"（《黄帝内经·灵枢·终始》）

～ 089

　　看到别人的幸运，除了赞叹欣赏之外，还应该想到自己的悲哀。

090

　　所言所行，不在人天一处者，则性
命中不见神明。

091

　　理坚行柔，涉事不黏不滞，方可成
大刚大柔之人。

⌚ 092

　　世间有很多善良，是不动声色的。
这是智慧的表现。

⌚ 093

　　生命唯一的精进处便是——要让自
己的心成为道心，让自己成为道场。

094

　　一个真正的好人，也许不会给你增加什么，但至少会给你增加光芒，让你减少恐惧、嫉妒、愤怒、虚伪、烦恼、不安……

095

　　什么是友谊？友谊必须有益！友谊不是狐朋狗友的浊聚，而是互为润养的相得焕丽。

096

真正的善良，是连一丁点儿不良的念头都没有的。比如猜忌、嫉妒、无知……问问自己：真的善良吗？

097

自弃与自立——一个人，生命中有多少真实的智者，决定了生命净化后的高度。如今，这本该应有的高度，却在自己各种各样的喜欢中，在不断训练爱慕和执着的过程中，丧失了无数被智慧和敬畏照亮的机会。

098

水不洗水，尘不洗尘，遇事要与得道人商议，否则，众生互相染污。

099

真正的老师，一定是清净生命的老师！当你的生命被激活之后，自己发药！若没发出来，那就是毒。

◦ 100

　　人就是这样——缺啥吆喝啥！痛苦者呐喊快乐，迷失者叫嚣清醒，自私者强调放弃，心颠者朝三暮四，迷茫者身心忘忘，不安者追慕自由，恐惧者倚仗外物，自卑者情绪障碍智慧……这些，都叫自欺欺人。

◦ 101

　　刻舟求剑的心，总是安住在过去，所以，这种生命就丧失了欣欣向荣的未来。

⌒ 102

一个智者，会让工作成为功夫！

⌒ 103

所谓心性好（根器好）者，便是生命中比别人拥有更多无私与敬畏的力量。

∽ 104

感情世界中，你对我如何，我就对你如何——这种充满计算的机心，与爱和智慧无关。它是全然的自私，亦远离幸福。

∽ 105

真正的利益，就是他能带你趋入智慧！否则，你们只是缤纷世界的一对票友而已。

～ 106

　　神明最怕脏！一切的脏，都是源于一个"贪"心，所以《左传》说"不贪为宝"！

～ 107

　　如果你帮助人、教育人或者做某些事，烦恼却越来越多，就说明你做错了！而要放下因此而产生的纠结，就一定要放下这些人、这些事！

南宋辛弃疾说："物无美恶，过则为
灾。"一个骨子里永不认错的人，太桀骜，
太过刚，人生必有折损处——不灾自己，
则灾友亲，总会有印谶处。

一个生命，无定解、无正见、无正
行，那怎么能够庄严起来呢？

∽ 110

真正的老师，不是概念，也不是常识的灌输者，他就是道，是智慧的显现，是来拆解我们的人！这个人，你遇到了吗？

∽ 111

何谓爱？感同身受是爱，心心相印是爱，砥砺激荡是爱，无心而应是爱，触处皆渠是爱，相亲相濡是爱，坦荡和睦是爱！

⌒ 112

　　环境比训练重要！多与智者和清净
者在一起，你会得到更多的净化。

⌒ 113

　　有些人的词语很美好，但不要让它
跟着生命走——有时，会走丢的。而一
旦走丢了，就丢人了！

⌒ 114

何为真师和知己？就是在你的心智中，那个时间能够给你带来却带不走的人……

⌒ 115

虽说一切"相"皆为虚妄，但他们都是证道的舟筏，因为人们有很多心灵旅程，都是因由这些"相"才被触发的！

⌒ 116

认而不识，知而不进，行而不抵，身无所主，命无所立，上无所承之心，下无所化之力，空悲切！这便是温水煮青蛙的生命。

⌒ 117

君子不器，君子为天下食。君子不是饭碗，君子是碗中为人立命的食粮。

◯ 118

　　人若不念，念自囚，则日日好心情，时时是假期。试问：时至今日，自己究竟有过多少真正的假期？

◯ 119

　　化通天地者，可布道传经——导之以理，诱之以情，说之以文，表之以法。凡言语未达人心者，则为滞人！

〜 120

　　钱不是用来攒的，钱的一个重要功能是用来消除焦虑、困扰、恐惧。如果有一天，钱丧失了这些功能，你的福德也将消失殆尽。你明白我的意思吗？

〜 121

　　当欲望纵横驰骋时，烦恼便会四通八达。

☞ 122

　　真正的好人，其内在的良知，在关键时刻，一定能战胜偏见。

☞ 123

　　万众之中，要"温温恭人"；涉事增智，则要"温而厉"！

⌒ 124

　　汉代贾谊说：“爱出者爱反，福往者
福来。”多集正能量，子孙增遗禄。多集
负能量，子孙受遗祸。

⌒ 125

　　贪嗔痴，是人生之大敌，可我们却
因为怯懦，而时时刻刻侍候着它们，于
是，我们便成了它们忠诚的奴仆。

〜 126

　　人生只有向往，向往，不停的向往，却没有实修实证的智慧，无异于刻舟求剑者！要知道，向往不等于抵达，走近不等于走进。

〜 127

　　人之成长，其要处在于：集体的高度、周围的价值、精神合伙人……它们所支撑起来的生命环境，较之于成长，比训练要重要得多！

128

　　什么是同学？《说文解字》注："学，觉也。"同参同觉者，乃为真同学！是我们的精神连理。而时下的同学，很多都是来窃盗我们生命的贼友。祈愿我们得以相聚的这一生，都能有自己的生命讴歌，来动听这个尘世！

129

　　逐渐走向成熟的人，往往都是伴随着孤独成长的——这些孤独，让人远离了诸多精神雾霾。

⌒ 130

一个能转动自己，且能随时心无芥蒂、从容步入无我之境的人，才是觉者。

⌒ 131

孔子说：要真正了解人，应"视其所以，观其所由，察其所安"。这个识鉴人的基本功，是在昭示人们：人之所学，唯有做到忠实于自己才是实学！如若内心缤纷缭乱，即便学识再高，亦是愧人。

132

　一时，一事，落于生死之中，皆微
尘。能随处做主，才是主人。而真主人，
皆有大化之心！

133

　人生本没有对错，错的都是那些生
生的执念！那些执念，让我们站成了一
个个彼岸。

〜 134

　　你的脚下为何总是粘满来历不明的
泥泞？那是因为你放纵了多姿多彩的
无明。

〜 135

　　证道的前提是内心无有任何黏着。
而人都是因为黏连于贪嗔痴欲，从而蒙
蔽了法窍。

136

　　凡接人待物，无脱于憎爱与净秽之妄情者，皆非智者。

⌒ 137

　　荀子曰 "虚壹而静"。明代大儒娄一斋曰 "静久则明"。任何时代，都需要与万物同体合一的精英。

⌒ 138

　　古有嘉语 "一日为师，终生为父"。是说，父亲给予你肉体生命，而如父之师则给予你安身立命的本领和智慧⋯⋯可时下，这样的师父，已凤毛麟角，难期难遇。

∽ 139

无论别人如何不如你的意，心中都不要有怨尤，因为，"无怨便是德"，他们的行为不妨碍你做君子！

∽ 140

我们短暂而微茫的生命中，究竟有多少肝胆相照的人？他在哪里？

∽ 141

经典中的每句话，都没有为难我们，都是在用真心对待我们，都能在我们走投无路时给予回光返照般的照见。因此，值得我们用生命去珍惜、去践行！

∽ 142

很多人能给你爱，却不能给你爱的能力！所以，要感恩那些给你爱的能力者！比如，具足的上师，慈智的老师，清明的大自然。

四

承圣

143

　　一切诸经都是天人之根，经典是人神接对的奥援。

144

　　中国文化是圣化的教育，是见贤思齐、比肩圣贤的教育方式。与其在别处仰望，不如与先贤并肩。

〰 145

　　圣人之道有四："察言，观变，制器，卜占。"（《易经·系辞》）今人多知学圣，鲜知如何抵达。

〰 146

　　中国文化的特质，可以用十个字来表达——内圣外王，天人合一，中庸。

147

中国文化发展的四个坐标时期：
1. 先秦思想；2. 两汉经学；3. 魏晋玄学；
4. 宋明理学。

先秦思想是中国文化、中国智慧、中国文脉、中国哲学的策源时期，宋明理学是中国文化的巅峰时期，文化成为最大的生产力。

☞ 148

中国智慧的抵达路径是：宗经、涉事、守先、待后。（山东孟子祠有清代雍正皇帝所题"守先待后"匾额）"宗经"是你一定要精通一部经典典籍，依此来安顿灵明；"涉事"就是要用经典的智慧来指导生活，饱满生命；"守先"就是要继承好往圣先贤的智慧；"待后"就是要能饱学饱识，以待后人继承。此即：新人守旧土，方可言传承。

〰 149

　　"天人关系"是中国经典的共同底色。其中，阴阳是中国哲学的基础，五行是中国文化的基本结构。不谙熟此道，则无以窥中国文化精髓。

〰 150

　　万法归一——

　　儒家是：以虚致实；道家是：唯道集虚；佛家是：心动法生；医家是：观于冥冥。

151

中国文化以儒学八目为纲，它们是：格物、致知、诚意、正心、修身、齐家、治国、平天下！（《大学》）其中，格物是最核心的基础。

152

《诗经》曰"天生烝民，有物有则"，成为中国文化"格物"智慧的立论基础。也正因万物皆有自己运行的法则在，才有了格物智慧的存在。

什么是格物？

什么是格？《说文》释为"木长儿"，喻为找到事物的特点。什么是物？周代尹喜曰："凡有貌像声色者，皆物也。"格物，就是找到事物势能发展变化的规律，它分为三个维度：天、地、人。即格天（天文），格地（卜居），格人（鉴人）。三者中，以人为本。

宋代朱熹在《朱子语类》中说"格物是梦觉关。格得来是觉，格不得只是梦"。可见，格的是物，知的是自己。

明德知大，格物悉微；明德洗心，格物息乱。

〰 156

　　读书不落在"格物"与"明德"的境地上，都是未熟的瓜果。若出而传道授业，则往往是毁人不倦，出焦芽败种……

〰 157

　　一个精习格物、通达经典的人，在哪里都是火种，都能把智慧重新点燃！

⌒ 158

　　由于法不归位，背离学问核心，无
有格物功夫，导致所学乞灵于逻辑、概
念、名相、权威、文化光环和既得利益
的堆砌中……歧路狂奔，如盲行暗，用
稀有大好青春，到处进行"僵尸大战"！
生命陷溺于低品质的轮回，永不得见光
风霁月。

　　试问：人是万物之灵，你怎么就不
灵了呢？

∽ 159

　　读书是为了明理，为了润身，不是为了贩卖。而明理，只有一条通途——你必须会格物之学！否则，无论你读了多少书，能文饰多少内容，临到涉事时，不省人事者，一定有你在！如是，则颜面亦尽失！

∽ 160

　　学习格物智慧要清楚——表象的分别，是为了有效地落实和践行慈悲力和各就各位的能力。

今人于传统文化之求学，最大的不足，就是缺少"宗经、涉事"的功夫——很少有人认认真真地精通一本经典，往往都是小技抱身，然后道听途说，在外流浪，不能登堂入室。你看，那些只谈技术，谈手法，谈案例……而不依经典开理者，到最后，多沦落为术士，更甚者，往往业力深重，受报余殃。这就是或有术无道或理明法昧，没有让生命成为一本正经、不堪道用的结果。

〜 162

“为天地立心，为生民立命，为往圣继绝学，为万世开太平。”（北宋张载《横渠四句》）

其“为天地立心”，立的是恭敬平等之心；“为生命立命”，立的是护法、护生的慧命；“为往圣继绝学”，继的是证道的方法；“为万世开太平”，开出的是无有染污的清净太平之心。

〇 163

什么是绝学？绝学就是：随取一法，蕴于心中，便可以安身立命！

〇 164

经典是纯阳之物，读经典可以补阳气。

165

学习经典，若没有体验的智慧，就是离经叛道！

166

欲激照人与物，须擦亮自己的镜子。

167

读书是为己之学，要自己去体验、去践悟……

最终你能展示给外界的，仅仅是你个体的经验，因为没人可以重复！

168

有道之士，因资财之故，传非其人，是为枉法。

⌒ 169

　　当我们，有一颗稳定的道心时，境界、胸襟、智慧就会与众不同，而很多内容，更会无师自通！

⌒ 170

　　有人问我：学习传统文化，学习天干地支和八卦，究竟有什么用？我说：人生需要四种境界——先见之明，难得糊涂，独善其身，兼济天下。

171

　　天下无一物是废物，天下无一法是
定法。凡称定法者，皆非正法，乃法无
定法，圆活变通，应机为上。

172

　　凡事，都可以在不动声色中见道，
无论贫富贵贱都不妨碍你载道的功夫，
这叫不让时间变质。

173

因果是有势能的，势能也是有因果的。因果也是自然规律，而一切变化的规律，都是势能变化的规律。

174

势力——势能是有力量的！

要常思考：力自何处聚，势从哪方来？

🔊 175

　　人生在世，能各就各位，各自饱满，便是顺势而为。

🔊 176

　　每天新闻如潮涌，天天可以学习，从中发现蛛丝马迹，直至游刃有余……最后，你会发现，一切都有迹可循。这便是格物之功。

〜 177

　　天道乘除，虽不能尽测，但善恶之
报，其应如响，疏而不漏，浊人慧命者，
亦不劳人遣送，皆自得本途！因此君子
有慎独之学。

〜 178

　　无声处，自有绝唱；天地间，代有
贞观。

〰 179

人世间，万物自有天数，各自皆负使命，不可强求。但须顺应天时，进而不取，贫而不移，富而不淫，高而不傲，低而不卑，念念圆明，坐断十方，到头来落得白茫茫大地真干净！

〰 180

学圣贤，讲圣贤，并能够接着圣贤往下讲，讲着讲着，讲透了，你就成了先知。而生命，也随之成了一本正经！

∽ 181

真正的学问，是为己之学，是用来增量和鲜活生命的！

∽ 182

欲了解中国文化史，则必须了解先秦思想史，而欲了解先秦思想，就必须了解那个时期的人们，在想什么，在践行什么，在玩什么，为什么会那样生活。

〜 183

什么是玄关？古语云：一窍通关作大媒。玄关就是"窍"，若用在建筑上，就是要把门的位置，开在玄关的位置上。这也是"开窍""窍门""通窍"等词语的来历之处。

〜 184

生命需要密度和强度，这样才更有摄受力。

⌒ 185

　　人的一生，于身心，要学会自律，
于污染，要学会自滤。每天都在斑斓的
无明中，随波翻转，挣扎谋生……为什
么？因为，看不清！

⌒ 186

　　对参学进道而言，凡菩萨垂眉，金
刚怒目，雷霆风雨俱是恩惠。若不经此
霹雳手段，则不能出格透网也。

187

如果有人讲经典越讲越复杂，那通常只有两种情况：一是真的不懂；二是或有图谋。

188

读书不贵在多，能咬住几句，便有大用；

明理不必在言，真知晓数语，即能充饥。

∽ 189

汉代贾谊说"吾闻古之圣人，不居朝廷，必在卜医之中。"而圣人居朝廷，是为苍生做主；立卜医之中，则是为黎民调命。

∽ 190

六十四卦，是古人看世界的六十四种维度，那些烦恼、幸福、喜怒哀乐……尽在其中！其实，谙熟六十四卦，就是在证道。

〰 191

儒、释、道三家——互相濡染，互相补充，互相竞赛，各有性格，相得益彰，没有高低、替代、否定和颠覆。他们都在认真地表述生命——这是中国文化的基本精神，也是所有文化之共识。

〰 192

要感恩一切让我们明理的"师"！

⌒ 193

　　一个真正的有道者，他所遇到的一切，都是法器！万物都是他证道的工具。

⌒ 194

　　经不离道，道不离经，以法见道！

〜 195

当人们纷纷不遗余力地为物质、娱乐、景色等代言，却鲜有人为经典代言时，就是一个时代成规模弱智的表现！

〜 196

生命的成长，需要的是见道的功夫，无情说法的功夫，而不是知识的堆砌，概念的藩篱，生命的自我钝化。心中若有一线真光明，生命定有万里神光在。

〇 197

　"圣人有情而无累"（东汉王弼），真正的高境，是在有情怀有担当的做人做事中，虽然过程有种种滞碍，但心中并不觉得真的累。如果，你觉得累的话，就要认真考虑一下：是不是哪里做错了？

〇 198

　世无圣人，只有诚心。不要在别人身上动你的聪明，动你的情绪；要动，就动你的诚心！圣贤虽已殁，千载有余情。一个诚意的生命，一定是处处饱含生机的！

通达之师，句句诛心，情情相悦，上下相启，处处相智。

讲经典却不能通经致用，教知识却不能安身立命，这种没有实证体验的传授，谓之师德无存，亦以学术杀天下后世！

⌒ 201

　　大刚至刚的乾卦：生生不息——强
调主观能动性和人心向善，人心向善才
能获得智慧转化自己的心，才有能力转
动外面的世界，才能转化众生的无明和
业力！

　　大柔非柔的坤卦：厚德载物——你
的担当，要能担得起外在所有的态度！

⌒ 202

　　学习传统文化，要步履行实——学
问没有落到心境光风霁月之处，都会误
人误己！

⟳ 203

孔子曰："三人行，必有我师焉。"值得你学习的，是你的老师；而不如我们，需要以他为戒的，则是我们的戒师。

⟳ 204

真正的老师，一定是你生命的一部分。

↶ 205

"洁静精微，易教也。"(《礼记·经解》）一个人，若没有洁静精微的心，即便日日做事，那也是时时欺天。

↶ 206

《易经》曰："物以类聚，人以群分。"曾国藩又说："大非易辨，似是之非难辨。"人生最重要的两件事是：知人和晓事。能知人、能晓事就是君子，反之则归小人之类。

207

　　身心不仅要能在粗犷处安立，更要能够在细微处腾达，这样才能学会格物的智慧，才知道如何明德，也才会有中国文化的功夫与境界。

208

　　宗经——在文化上，是经典；在身体上，是经络。真正的良知，既要宗经典，也要宗经络。

∽ 209

　　对于文化与文明而言，遍地是"负二代"。

∽ 210

　　什是国学？国学是国人抵达本国智慧的传统文化内容，可分为四部分：国文、国艺、国医、国术。

〰 211

　　我们应该清楚：这个生养我们的地方，不仅通东西南北，还通天地古今。

〰 212

　　应机说法，得时为上。可见，所有的外应，都是幻象，它不可能同质再来——这是"真空妙有"。

◠ 213

　　大道至简——最大的挑战是简单，简单之中见神奇。每每从笨拙处入手，可练就最真功夫。

◠ 214

　　老子说万物都是"道生之，德蓄之，物行之，势成之"。什么是"势成之"？就是天命使然。

~~ 215

一个真正的经师，一定会结束你很
多噩梦的——他会告诉你抵达智慧的正
确方法，令你人生的很多噩梦就此戛然
而止。

~~ 216

讲经典却不能通经致用，教知识却
不能以此安身立命，这种没有实证体验
的传授，谓之师德无存！

217

《易》云："积善之家，必有余庆；积不善之家，必有余殃。"告诉我们：福祸可延。多集聚正能量，子孙可增遗禄；多集聚负能量，子孙可受遗祸。

218

很多时候，能及时止损，便是有福。

⌒ 219

有一种爱，叫作讲经典；在你和传世经典之间，也许只差一个人！

⌒ 220

因果是自然规律，因而诸如"耽误""偶然"之类的词语，其实都是无明中的自欺欺人而已。

∽ 221

今日是昨日之功，明日是今日之功。
种瓜得瓜，种豆得豆，种爱得爱，此即
因果，亦为世间不变之理。

∽ 222

读经偈

往圣寂无言，慧我思无疆；
芳馨生素艳，千载共澄光。

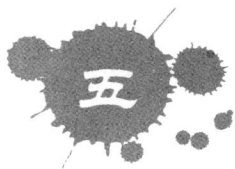

五

养志

～ 223

大丈夫自有冲天志，不与众生扯皮。

～ 224

一个人，心有大志，见贤思齐，惜时律己，才可为国之栋梁。"生无益于时，死无闻于后，是自弃也！"（东晋陶侃）活着时对时代无益，死后亦不能被后人传颂，简直就是自己糟蹋自己啊！

225

一个人的言语和行为，放在历史中，也能令人增益受用，那才叫千古！

226

人生做事，不做第一，只做唯一；大就大得浩渺无边，小就小得锋利无比。

〜 227

　　动人先动心，养心先养气。

〜 228

　　明代吕坤《呻吟语》中有"养生四受用"诀："第一受用，胸中干净；第二受用，外来不动；第三受用，合家没病；第四受用，与物无竞。"这四条，至今能做到者寥寥无几。也正因如此，才会有大雄之人应世而出，救苍生于水火，挽法门于凌夷。跟着这样的老师，是莫大的福报！而若能得其厚爱，更是稀有。因此要倍加珍惜与敬畏！而超越他，是我们今生唯一真正的报答！这叫不负！

〜 229

要安心地做好每一件正确的事——只要你的心，能足够深地静下来，每件事都会具有无量义的。

〜 230

古语云："不为圣贤，则为禽兽。"亦云："圣贤可期先立志。"——一个丧志的生命，与禽兽无异。须知：立志便是续禄。生命若无续禄，日用中你仅有的那点儿福报，很快便会禄尽则亡的。

〜 231

　　凡起心动念，即有因果，亦有漏洞，便有迹可循。

〜 232

　　当人偷心死的时候，往往天心就活了……而此时，是生命刚刚醒来的标志。

⌒ 233

你把生命的高度，提升到几百年乃至上千年的时候，你的所作所为，就都应该谨慎对待！而生命，也会因此别开生面！

⌒ 234

诸事空心而印，可得大智！

〜 235

　　凡身心之病，皆以能自知、自愈者
为良！这世间，哪有身心之外的良药
呢？人人都应牢记：药是自家生！

〜 236

　　看到未必做到，走近未必走进，理
解未必道解，开悟未必证悟。

⌒ 237

和为贵——与自己和解，与众生和
解，才是真和谐。

⌒ 238

圣人之言，无方之药。
上，有不可欺的天理；中，有不可
瞒的耳目；内，有不可骗的良心。

〜 239

　　人要在事上磨，需要涉事打磨自己，
否则天天纸上谈兵，涉事时则苦不堪言。

〜 240

　　天地很大，我们很小，行走于天地
之间，要在卑微中滋养思想，在渺小
中强大身心——心要虚，欲要节；福要
惜，慧要增；若谷纳于万物，坦诚接于
千载！

∽ 241

一个人，可以不倾国，不倾城，也
要倾其所有，与自然共生！

∽ 242

自然界中，但凡有神明的地方，就
有无限的向往和安住的力量。而人群中，
心中有神明的人，亦有安身立命的光明
与喜乐。

～ 243

　　由于虔诚心不够，我们的生命没有
被智慧渗透！要知道，你信什么，他的
智慧就会成为你的智慧，他的法就会成
为你的法！

～ 244

　　没有灵明，我们就会越来越落魄。
而时光偷走的，永远是我们眼皮底下看
不见的珍贵。

245

　叩问内心：我们悠游生长的能
力呢？！

246

　无论在何方，心都是靠自己打
扫的！

247

能日日精进，便寸寸心欢。

248

生命不是商品，生命需要庄严和柔软。因为庄严，所以与众不同；因为柔软，生命越来越温暖。

⌒ 249

生命中，最重要的就是当下！照见
了有无、空实、冷暖、上下……要感恩
一切当下的恩泽与历练，感恩一切的疼
痛与温情。

⌒ 250

我们的心，为什么会随人而去呢？
那是因为：你有不定之心，便可为他人
所夺！

⌒ 251

　　最大的财富，是"年富"——你还
有时间去做自己想做的事。

⌒ 252

　　宋代"苏门六君子"之一的陈无己
说"人穷智短"。其中，"穷"是指缺少
智慧的重要组成部分——敬畏、自尊、
自信。这种人，多会导致物质与精神双
重破产。

〜 253

　　"简"亦能养德——一定要学会做"简"法，尤其在你的人生立志之后。

〜 254

　　我们的发心和生命的践履，在照亮自己的同时，还要有能力照耀这个时代，丰富他人的生命。

◌ 255

如果不为自己努力，那我们靠谁？如果只为自己努力，那我们又成了什么？如果现在还不明白，那何时才明白？

◌ 256

只要有如实的道心，天地山川，皆是智慧与欢愉的道场。

⌒ 257

一颗心，有稳定而如实的着落，便是安心。它与物质无关。

⌒ 258

一切法，都是从此岸抵达彼岸的工具，其最终目的是上岸。因此，所有的动机，都不应该被"法"所劫持！

⌒ 259

当我们长期处于放不下、想不开、纠结绵绵之中时，那是由于自己的成长，并没有给自己带来真正的实力！

⌒ 260

一切的担心、顾虑、怕失去，都是源于内心深处的恐惧和自卑，也是内心不清净的显现。故其生命深处外化于身、于言、于行，也不正。对此，老子说得极为透彻："清静为天下正。"三千年的话语，至今仍保其鲜——清净和寂静者，为天下之正道。持守清净和寂静者，为天下之正人。所以，人要"养正"，而后才会有无畏之安！

～ 261

恭敬心加清静心，可生大雄之力！

～ 262

发深心，广结善缘，举大雄之力，
行天下事，可开太平人生！

263

大智，在躬行，不在感慨。

264

人人可以壁立千仞，全在深心与大力！

265

　　很多事情，是放下了攀缘才有希望。

266

　　我们无能力去降伏外面的灾难，但我们应该有能力保证内心不起灾难！

267

　　能将别人的苟且和不安，活成心无所住的潇洒与清明，也是一种传奇。

268

　　但凡能坚持到最后并能取得良绩者，靠的不是激情，而是真实无伪的投入！

〜 269

什么是信仰？信，具有三个特点：不疑性，纯洁性，向往性。仰，对自然与智慧的追慕、践行与敬畏。信仰不仅仅包括宗教，比如，学习本身就是一种信仰。

〜 270

山高风易起，海深水难量！能传法脉者，必有勤恒之助；能拓疆土者，必得灵明之佑；能明旁心者，必备忧人之德；能接盛名者，必承谤非之扰；能进慧命者，必遇天人之师；能入芳华者，必存贞观之志！

∽ 271

　　一定要发心让自己的所学，在慈悲和智慧的护持下，成为非常柔软的共法，如此一来，世界其余众生，就有可能借着你这个基础而得到法喜。这才是真正的生命——生生不息之命！这叫守护！

∽ 272

　　青山不墨，绿水无弦；念念皆清净，便——生丰财，延远禄，代代欢喜也平安。

　　斋心见德，润物无偏；日日常精进，能——养喜神，引灵犀，处处自在有欣然！

∽ 273

心无旁骛的体现是：不花时间去印证他人的优劣是非，只印证自己每一个当下的真伪杂纯。心思若能如此清明，则何业不成！

∽ 274

精神和心灵的芬芳，既可谋有生命之自觉，亦有灵魂之奇遇。

~ 275

心有千千智，布衣何处不王侯？

~ 276

人为什么要有风范？因为要向风学习——风自身没有局限。

〜 277

念天地之悠悠，独出神而入化！

〜 278

宋代邵雍曰："欲出第一等言，须有第一等意。欲为第一等人，须作第一等事。"（《一等吟》）可见，人一定要有高心，方能立大志、行大用。

⌒ 279

　　世有非常之人，方能行非常之事，
乃可有非常之功。

⌒ 280

　　人的心，因静而定，因定而平，因
平而空，因空而慧！

281

人生彼此照耀，行履提携，以水月身，续圣贤心，是为生生之大德。

282

古往今来，但凡能大化人心者，皆为霹雳手段与菩萨心肠俱存，仁术与仁心并港。

☞ 283

　　专注出天禄，散淡废灵明。无论任
何善业，专注地做之不止，都会有惊天
动地之功。

☞ 284

　　要训练心灵，不要训练欲望。

285

　　孤独与彷徨，是身体不康之兆——医云：肝藏魂，肺藏魄，心藏神，肾藏志，脾藏意，五脏不安，则魂、魄、神、意、志无所归藏。因而，这个世界，遍地需要安顿身心，处处需要众筹取暖。

286

　　很多很多的希望，其实就是我们的心，我们的欲望，它很少能成为事实。

∽ 287

　　周人蘧伯玉说：“年五十，而知四十九年非。”其语诛心至极。你看，芸芸众生，在不可胜数的计较和比较中，不知葬送了多少珍贵的韶光……

∽ 288

　　最高境界的养，是一尘不染的养气和养神，这才是真正的养生。

〜 289

人生要一门深入，深养定力。有定才有慧，有慧才有无畏之安！

〜 290

天地有节，"节"代表礼节和法度。并且，"大礼与天地同节"（《史记·乐书》）。"节"落实在人身上，就是孔子所言的"从心所欲而不逾矩"（《礼记·乐记》），这才是守节之谓。否则，就丧失了节操。

〜 291

　　大事往小处做，小事往大处看，不
仅生命越来越灵动，而且公德也越来越
丰满。

〜 292

行天下

　　名闻利养何许，天涯地角周游。
超然一世巍峨，通身脱尘风流。

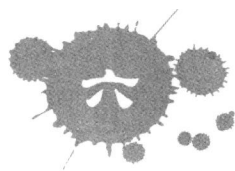

六

培

福

293

　　天欲福人，必先福慧。

294

　　真正的财神是智慧。智者坐以待
"币"。

◠ 295

最好的成长，就是让生命充满智慧的绽放。

◠ 296

清净心是福——千万不可断他人的清净心，无论何时何地都不可！因为，你断了他的清净心，就等于断了他的福报！

⌒ 297

生命中，最大的能量便是清净心。它的丰沛程度，取决于我们摆平所有细节的能力。

⌒ 298

福报很重要。拥有见地也需要福报——没有福报，见不到贤圣及其慧言；福报少，见到了，听不懂；福报多些，听懂了，做不到；福报具足时，闻思修则水乳交融。

⌒ 299

但凡让我们的生命走向更高处的人和事，无论以什么方式呈现，都是福报的显现，更是生命的美馈！

⌒ 300

最大的财富就是时间和智慧。而时间是有限的，智慧是精密的。

∽ 301

　　有真实的定力，才能度散乱的心！

∽ 302

　　生命是用来证道的，不是让你来证
烦恼的。我们的烦恼已经够多的了，不
需要再累积。而若能转烦恼为道用，你
就懂得什么是真正的善护生。

⌒ 303

　　德事乃为事业之基，德大资产就大。因此，人生最大的事业，便是德业。因此，《易》曰："进德修业。"

⌒ 304

　　对于"事业"，世人只知有事，不知有业，更不知业之善恶。要知道，人世间，有一事便有一业，要随缘了业，心清是福。

何为道德？

一阴一阳，是道；洁静精微，是德。能做到洁静精微，则禄在其中矣。

传业不传德，减师福禄，不可不明，不可不慎。

～ 307

大人者，大德之人也！其生命，为人间留下了缕缕浩然气！无数后人，是在他们的气息中，渐渐长大的。

～ 308

澄　观

云有千顷惜无主，心无明灯亦迷人。
卷舒利物顺此身，圆常静应是活门。

309

君子以德发身，小人以财发身。

310

如何积德？俭以养德。最大的俭，是节约他人时间，不挥霍其生命。那些只夺命而不造福者，皆损友也！

～ 311

当你的才华不足以支撑你的野心时，你唯一能做的事情，就是安静下来去读书、去增长智慧！因为，此时，一切财与物、名与利，给你就是害你！

～ 312

知行合一，真谛在行间。一切精进，皆可令生命当如枯木再花，常得不意之喜！

～ 313

　　真正的勇猛精进，就是要随时随地，不给自己任何可乘之机。

～ 314

　　行辞并辉，才是智者。

◟◞ 315

　　我们会聊天吗？古人所言聊天是指互相讨论天象的变化，属天文学范畴。其基础是要了知阴阳——可实际上，世人却是：不知道阴阳雨雪雹和霜，瞪着两眼说阴阳！这既是人道之患，也是阴阳之患！如何能够两安呢？庄子曰："唯有德者能之！"可见，"德"是天地间全利之良药。

◟◞ 316

　　金刚怒目与菩萨垂眉，都是慈悲的一种。真爱，有许多化现——如水：可饮，可浴，可雨，可川，可氤氲，可雷霆……

༙ 317

《易》曰："积善之家，必有余庆；积不善之家，必有余殃。"这个"余"是指什么呢？就是指你算计不到的地方。为什么会有余庆呢？因为你前面积累了善业，这叫"有阴德者，必有阳报"(《淮南子·人间训》)。而"积不善之家，必有余殃"，是告诉你：做了恶业，就必有后患，这是自然规律。从古到今，那些搞"阴谋"的人，都不会有好下场，庄子称之为"阴阳之患"。

༙ 318

《易》曰："积善之家，必有余庆；积不善之家，必有余殃。"善恶的能量不会凭空消失。因此，各自要小心点儿——熏心富贵，但得贻殃；立定作善，必定贻德。

⌒ 319

　　法情德万世——从庄严生命的角度
而言，善业没有高下尊卑之别。各种善
念化为行动，也是一种相濡以沫。

⌒ 320

　　福报的累积，主要来自于发心，要
发那个当下涵容一切的心，发那个与万
物同根一体、不执着的心，这是心无挂
碍的智慧。

∽ 321

发心庄严，总有曼妙相应而来。我们可以尝试着这样发心：愿我今生现在所做的一切，即便是错误的开始，最终也走向智慧的方向！愿我分秒中的所作所为，能善化更多苍生。

∽ 322

当友爱蔚然成风时，就看到了文明的力量。

∽ 323

　　人的一生，最该澎湃、最应光芒万
丈的是智慧和信仰，要以有义之心，做
万世之事！

∽ 324

　　一切的学习，都要落地。落什么
地呢？要落在心地上。只有落地才能
生根！

325

老子说"道法自然"，告诉我们：任何真正的文明，都没有与自然背道而驰的。

326

表面上看，执着与精进相同，但其实不然！二者有着本质的心性区别：执着是染污的，而精进是清净的。

◠ 327

　　如果，我们现在不增长对治烦恼的功夫，那么，终有一天那些不断累积的烦恼，会狠狠清算我们的幸福时光的!

◠ 328

　　智慧一径，诸法平等，法法不相违! 不要让凡夫的逻辑和概念误了平生!

329

古语说：话到嘴边留三分。为什么？要积福禄，也给子孙延后路。

330

一念之善，便可远祸！因此，做任何事，首先都要选择善良。须知：世间作业者虽众，而灭其担大者。

〜 331

　　智慧如光，它既无款曲，也无私心。

〜 332

　　智慧是最大的生产力！周代管子说：
"天下不患无财，患无人以分之。"是说，
天下财富很多，但为什么人们还缺少财
富呢？那是因为我们的智慧不够！

〜 333

　　世间有很多虚假之事，也有很多打
假之人。但人最应该打掉的是自己身心
中的虚假。

〜 334

　　人生要有取舍的智慧，更要藏在浑
厚里面去发挥作用。古往今来，凡得祸
者，精明人十居其九，但却从未有浑厚
而得祸者。

335

　　人的一生，天生的占了 99%，无须去学习，比如呼吸、喝水、排便……余下 1% 的归我们自己管，但若管不好，就会成为生命灾难的源头。

336

　　布善可祥人，增慧能润身。

〰️ 337

　　人生本来美好就少，谁愿良辰用来内耗！

〰️ 338

　　人生要有光，这个光就是慧光。

⌒ 339

　　人如何充盈于天地？心要大而无外，小而无内，以至于无垠，既要有生生之力，又要有能载之德。

⌒ 340

　　不负时光不负己，不废万物不废心。

341

　　很多时候，读万卷书，莫若行万里路，因为见识永远是第一位的，见多才能识广！那么，如何增识呢？一是见学，二是不停地阅读，神交古人。要让阅读成为自己的一种生活方式。

〰 342

　　"静久则明" ——身心静透了，智慧
必来！

〰 343

　　自净其意，其福难量。

⌒ 344

　　熟能生巧，巧能生妙，妙能生慧，
慧能生玄。

⌒ 345

　　这世界，洪波浩渺，白浪滔天，我
只涉物流转，直下承当，向电光火闪中，
壁立千仞而去。

契道铭

天地有奇瑰，乾坤各无为；
路路不相左，法法不相违；
命命障尘网，心心碍俗随；
虚空皆法侣，见道有峰回。

∽ 347

祈愿，我们能够尊敬——

所有的知识，所有的万物；

愿与万物连接，滋生智慧；

愿与万法相应，趋入功德！

祈愿，我们时时真实与慈悲；

祈愿，我们能够明白人生的价值与福祉；

祈愿，无明中所做的一切，都走向光明与清澈；

祈愿，我们整个人沐浴在智慧之中；

祈愿，我们与昂扬、信任、力量、寂静同在……

七

二十四节气

348

你会过日子吗？

《易》曰："凡益之道，与时偕行。"为什么呢？因为"时来天地皆同力"。真正的过日子，过的就是时令，就是借助天地的能量来饱满自己。

⌒ 349

　　不懂时令，对生命而言，绝对是个
大障碍。否则，不知时变，又如何能展
示顺时施宜、顺势而为、胜物而不伤的
功夫和智慧呢？

　　试问：从容的了知与莽撞的巧合，
理知法昧与通身是眼，你更需要哪种生
命状态？

何为环节？

春雨惊春清谷天，夏满芒夏暑相连，
秋处露秋寒霜降，冬雪雪冬小大寒。
首见于西汉文献《淮南子·天文训》
的"二十四节气歌"告诉人们：二十四
节气如同闭环一样，年年岁岁，周而复
始，生生不息，此即"环节"之谓。

"二十四节气"最初是以北斗的斗柄指向确定，斗柄从正东偏北（艮位）开始，经南、西、北转一圈，为一周期，谓之一"岁"。其名称首见于文献《淮南子·天文训》。东周时期的文献《夏小正》《月令》等典籍即有相关内容。

公元前 104 年，汉武帝时期的邓平等人制定了《太初历》，正式把二十四节气订于历法，明确了二十四节气的天文位置——在黄道位置上，太阳从黄经零度起，沿黄经每运行 15 度所经历的时日称为"一个节气"。每年运行 360 度，共经历 24 个节气，每月 2 个。2016 年 11 月 30 日，中国文化中天文气候变化的智慧"坐标"，被国际气象界誉为"中国的第五大发明"的二十四节气，正式列入了联合国教科文组织人类非物质文化遗产代表作名录。

～ 352

　节：又称节气，在古代作表信之用。
《韩非子·难二》曰："种树节四时之
适。""节"即常作信物，如符节，作号
令之用。而《易·杂卦传》曰："节，止
也。"止前驭后，控制节奏。天地有节，
二十四节气即是时令节奏转换的法度。
而孔子所言"从心所欲而不逾矩"以及
老子所言"人法地、地法天、天法道、
道法自然"，亦是守节之谓。

～ 353

　气：又称中气，二十四节气采用"定
气法"划分，其大用在于调和节与节之
间转换补给过程中所形成的气序，以作
节候之用。

354

分：别也。表示"二物相别"。二十四节气中有春分和秋分，时值此日，"春分秋分，昼夜平分"。《礼记·月令》谓为"死生分。"

355

至：极也。如至公（极公正）、至足（极充足）、至清（极其清澈）、至公无私（公正致极，毫无私心）；二十四节气中有夏至和冬至，分别对应阴阳之极（太阳轨道位于两端之际）。夏至日太阳到达最北端（几乎直射北回归线），北半球白天最长，夜晚最短，南半球则相反；而冬至日太阳到达最南端，北半球白天最短，夜晚最长，南半球则相反。

　　"四时八节"是二十四节气中最重要的节气。四时为春夏秋冬；八节为立春、春分、立夏、夏至、立秋、秋分、立冬、冬至八个节气。此八节又称："分""至""启""闭"。"分"即春分和秋分，"至"即夏至和冬至，"启"是立春和立夏，"闭"则是立秋和立冬。八节中的四个"立"，《说文》释曰"立，住也。"四季有信，遇此则住。

立春：二十四节气中的第一个节气，《群芳谱》释"立春"："立，始建也。春气始而建立也。"《月令七十二候集解》："立春，正月节；立，建始也；五行之气往者过来者续于此；而春木之气始至，故谓之立也；立夏、秋、冬同。"立春日皇帝率文武百官着青色服饰到东郊设坛祭祀。立春时分，古人亦有登高迎太岁接气习俗。

～ 358

春分：以"分"为节气名的第一个节气。《月令七十二候集解》："二月中，分者半也，此当九十日之半，故谓之分。秋同义。"《春秋繁露·阴阳出入上下篇》："春分者，阴阳相半也，故昼夜均而寒暑平。"二者意同。《说文》："春分而登天。"宜登高和立大志。此外，春分还有撒福豆驱邪的习俗。而日本逢此四个节，为国家法定假日。在建筑中亦有应用，房屋标有春分、秋分、夏至、冬至四节的阳光照射度。

立夏：《月令七十二候集解》："立夏，四月节。立字解见春。夏，假也。物至此时皆假大也。"斗指东南，维为立夏，万物至此皆长大，故名立夏。此日始，万物并秀，风雨扬花，绿意遍天涯。古代，在立夏日，帝王率文武百官到京城南郊举行迎夏仪式。君臣一律穿朱色礼服，配朱色玉佩，连马匹、车旗都是朱色，以表达对丰收的祈求和美好的愿望。宫廷里"立夏日启冰，赐文武大臣"。冰是上年冬天贮藏的，由皇帝赐给百官。有些地区还举行"饯春"仪式，欢送春去。

夏至："万物于此皆假大而至极也。"
(《韵会》)万物到了夏至,生长达到了
最大的程度,开始逐渐减缓。夏至是
二十四节气中最早被确定的节气,是节
气中的阳之极。"夏至之日谓之朝节,妇
女进彩扇,以粉脂囊相赠送。"(《辽史》
礼制)而《礼记》则载有夏至时节自然
界中的盛象:"夏至到,鹿角解,蝉始
鸣,半夏生,木槿荣。"

立秋："万物于此而揫敛也。"(《月令七十二候集解》）万物开始收敛，天子亲率三公六卿诸侯大夫至西郊迎秋，并举行祭祀少昊、蓐收的仪式。(《礼祀·月令》)。《后汉书·祭祀志》："立秋之日，迎秋于西郊，祭白帝蓐收，车旗服饰皆白，歌《西皓》八佾舞《育命》之舞。并有天子入圃射牲，以荐宗庙之礼，名曰躯刘。杀兽以祭，表示秋来扬武之意。"到了唐代，每逢立秋日，也祭祀五帝。《新唐书·礼乐志》："立秋立冬祀五帝于四郊。"而在宋代，立秋之日，男女都戴楸叶，以应时序。

〜 362

　　秋分:"秋分而潜渊"(《说文》)"秋
分者，阴阳相半也，故昼夜均而寒暑
平。"(《春秋繁露·阴阳出入上下篇》)
秋分是传统的"祭月节"（中秋节即由此
而来），设立秋社，祭祀先农，表达感恩
之情。宴饮时主要是投壶游戏。情志方
面，则是收养神气，以保容平。

〜 363

　　立冬:冬，终也，万物终始。立冬
日皇帝带领文武百官着玄色（黑色）服
饰到北郊设坛举行迎冬祭祀，并在精神
上开始作"敛阴护阳"的含藏准备。

冬至：节气中的阴之极，因而"阳气起，君道长。"（《汉书》），"气始于冬至，周而复始。"（司马迁《史记·律书》）。据南朝梁人崔灵恩撰写的《三礼义宗》记载：（冬至）有三义：一者阴极之至，二者阳气始至，三者日行南至，故谓之冬至也。"

元代吴澄《月令七十二候集解》中载："冬至，十一月中。终藏之气，至此而极也。"《后汉书》载："冬至前后，君子安身静体，百官绝事，不听政，择吉辰而后省事。"此与地雷复卦相应——《易》曰："先王以至日闭关，商旅不行。"那应该做什么呢？《周礼》载："以冬日至，致天神人鬼。"这个"阴阳"相争之日的冬至，是预测一年晴雨、冷暖的好时机，甚至可探究来年人间祸福；故宋代庞籍《记异》写到："冬至子时阳已生，道随阳长物将萌。星辰赐告铭心骨，愿以宽章辅至平。"

《易》曰："凡益之道，与时偕行。"时达冬至，天地归藏，静拢身心，拒绝汹涌。并且，古代官方要举行隆重祭祀仪式——《淮南子·时则》："天子率三公九卿迎岁"，"冬至大如年"即从此出，吃饺子的传统亦始于冬至。

此外，"距日冬至四十六日而立春。"（《淮南子》）冬至一至，便有"贞下起元"之应了，自此时起，万类始萌。

《大学》曰："知所先后，则近道矣。"《汉书》曰"顺时施宜"，对生命而言，二十四节气是最好的践道时令，更能有效启动自己的福慧系统。

一年之计，树谷；

十年之计，树木；

百年之计，树人；

万年之计，树福。